ma premiè

journée d'école

Édition publiée par les Éditions Scholastic, 604, rue King Ouest, Toronto (Ontario) M5V 1E1 avec la permission de Quarto Group.

5 4 3 2 1   Imprimé en Chine CP141   11 12 13 14 15

Auteure : Eve Marleau

Illustrateur : Michael Garton

Conception graphique : Elaine Wilkinson

Direction artistique : Zeta Davies

Catalogage avant publication de Bibliothèque et Archives Canada

Marleau, Eve
Journée d'école / Eve Marleau ; illustrations de Michael Garton ; texte français d'Isabelle Montagnier.

(Ma première--)
Traduction de : School day.
Niveau d'intérêt selon l'âge : Pour les 4-7 ans.

ISBN 978-1-4431-0640-5

I. Garton, Michael II. Montagnier, Isabelle, 1965- III. Titre.
IV. Collection : Marleau, Eve. Ma première-- .

PZ23.M366Jo 2011   j823'.92   C2010-905783-X

Les mots en caractères **gras** sont expliqués dans le glossaire de la page 24.

ma première...
journée d'école

Eve Marleau et Michael Garton

Texte français d'Isabelle Montagnier

Éditions
SCHOLASTIC

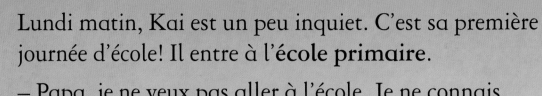

Lundi matin, Kai est un peu inquiet. C'est sa première journée d'école! Il entre à l'**école primaire**.

– Papa, je ne veux pas aller à l'école. Je ne connais personne et Barney va me manquer.

– Je suis sûr que tu vas te faire de nouveaux amis, lui dit son papa. Tous les autres enfants se sentent exactement comme toi.

— Bonjour! Bienvenue à la maternelle. Je m'appelle Mlle Jalbert.

6

– Bonjour, dit le papa de Kai. Voici Kai.

– Bonjour, Kai. Aimerais-tu t'asseoir avec Lucas et Max?

Kai hoche la tête.

– Bonjour, les enfants! Asseyez-vous sur le tapis, s'il vous plaît. Je vais prendre les **présences**.

– Quand vous entendrez votre nom, répondez « oui, Mlle Jalbert », et racontez quelque chose sur vous.

Ama?

Oui, Mlle Jalbert. Mon père est pompier.

– Tout d'abord, je vais former des **groupes**. Chaque jour, vous travaillerez avec le même groupe.

Benjamin, Lisa, Juliette, Stéphane et Alicia seront les fusées jaunes.

Anna, Claire, Lucas, Thomas et Jade seront les fusées vertes.

Max, Julia, Caroline,
Tamzin et Nieve seront
les fusées bleues.

Kai, Daniel, Sarah,
Mathieu et Florence
seront les fusées rouges.

11

Ce matin, vous allez dessiner la chose que vous aimez le plus. Ensuite, j'afficherai tous vos dessins au mur.

Kai dessine Barney, Sarah dessine un poney et Florence dessine un ourson.

Max dessine une voiture rouge.

Lucas dessine un **astronaute.**

Dring! Dring! C'est la **récréation**.

Les enfants sortent dans la cour. Mlle Jalberg donne une pomme à chacun d'eux.

Julia, Caroline et Nieve s'assoient sur un banc pour manger leur pomme.

Kai joue à la balle avec Max et Mathieu.

Claire, Lucas et Thomas jouent
au chat et à la souris.

Après la récréation, Mlle Jalbert lit aux enfants les aventures du lapin Jojo qui prend le train.

— Tchou! Tchou!

dit Mlle Jalbert.
Tirez sur la poignée,
les enfants!

— Tchou! Tchou!

disent les enfants en se promenant dans la classe. Kai le dit aussi fort qu'il peut.

Après l'heure du conte, Mlle Jalbert demande aux enfants quel est leur animal favori.

J'aime les chiens. Le mien s'appelle Barney.

J'aime les lions parce qu'ils rugissent!

Dring! Dring!

Il est midi. La cloche sonne.

– Normalement, ce serait l'heure de manger, mais comme c'est votre premier jour d'école, vous allez rentrer chez vous maintenant.

– Youpi!

La maman de Kai attend
à l'extérieur avec Barney.

– As-tu aimé l'école,
ce matin?

– Oh oui!

J'ai fait un dessin
de Barney.

– Veux-tu y retourner demain?

– Bien sûr, maman!

23

Glossaire

Astronaute : Personne qui voyage dans l'espace à l'aide d'un vaisseau ou d'une fusée.

École primaire : École pour les enfants âgés de 4 à 11 ans.

Groupe : Plusieurs personnes qui travaillent ou jouent ensemble.

Présences : On prend les présences pour vérifier si tous les enfants sont à l'école.

Récréation : Petite pause entre les cours.